为每一
日子命名

林冬 著

Give

Meaning

to

Every Day

当代世界出版社
THE CONTEMPORARY WORLD PRESS

图书在版编目（CIP）数据

为每一个日子命名 / 林冬著 . -- 北京：当代世界
出版社，2023.8（2024.1 重印）

ISBN 978-7-5090-1752-4

Ⅰ . ①为… Ⅱ . ①林… Ⅲ . ①诗集－中国－当代
Ⅳ . ① I227

中国国家版本馆 CIP 数据核字 (2023) 第 126571 号

书　　名：为每一个日子命名
作　　者：林冬
监　　制：吕辉
责任编辑：李俊萍
出版发行：当代世界出版社
地　　址：北京市东城区地安门东大街 70-9 号
编务电话：（010）83908410-809
发行电话：（010）83908410-812
　　　　　13601274970
　　　　　18611107149
　　　　　13521909533
经　　销：全国新华书店
印　　刷：山东新华印务有限公司
开　　本：787mm×1092mm　1/32
印　　张：7.25
字　　数：50 千字
版　　次：2023 年 8 月第 1 版
印　　次：2024 年 1 月第 2 次
书　　号：ISBN 978-7-5090-1752-4
定　　价：52.00 元

我们在你爱的
那首歌里见过

为每一个日子命名

spring fantasy

春日幻想

一起
等待
春天

002

听，

风撩拨着屋檐下的铃，

她带来了什么消息？

不过是春试探着踩出第一个脚印。

在还未融化的积雪下，

有些蛰伏的生命正悄悄苏醒。

先是植物，是一株野草，

从最冷的日子就开始

冲撞那一片冰封的土壤，

只为钻出被无数个雪花夯实、被时间加固的大地。

接着是动物，是一只预估错了春期的青蛙，

它还来不及仓促叫两声，

便又回到了潮湿温暖的洞里。

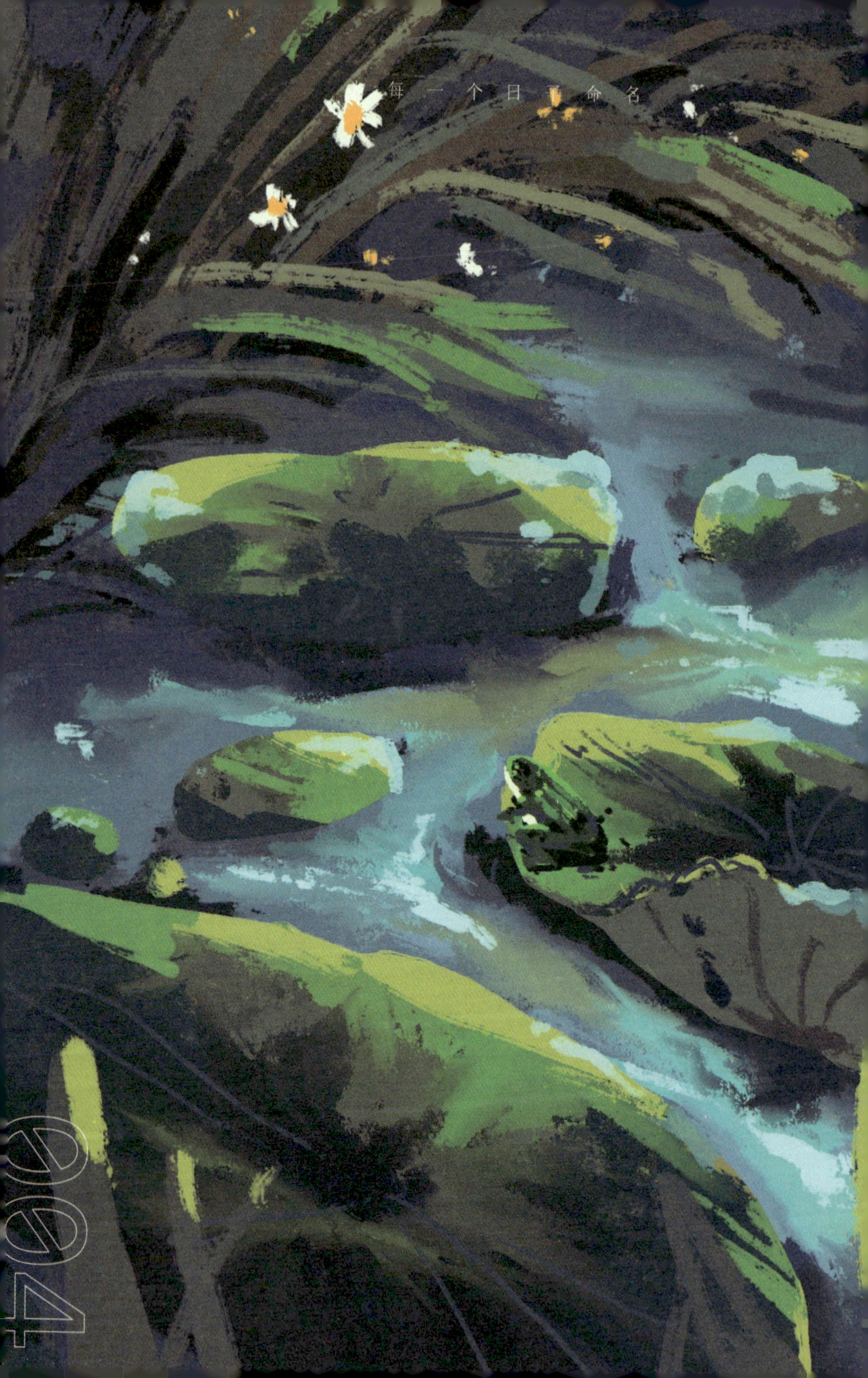

它抱怨着，是谁呢？

是谁唱了一首歌将梦吵醒？

是不是那越过寒潮如雪般的忍冬，

在刚刚消散的西伯利亚的冷风中，

呼唤着自己？

花有千朵，

静默如迷。

它犹疑着，

对世界充满不解。

去见自己
爱的人

这样的一个日子，

收拾好行囊，

里面装着你藏了好久的微笑。

一个人即将见到另一个人，

一道目光即将陷入另一道目光里。

想说声你好，却没来得及。

直等到夜晚褪去温存的细语，

凄美的月光中牙关微颤，

笑，要那个想见的人来了才行。

月 光 下

放 空 思 念 的

情 绪

不经意的抬头，

发现今夜的月亮是弯弯的，

弯弯的月亮挂在不眠人的梦境之外，

之内是千奇百怪的心思。

要等的那一个人，

会来吗？

趁着月色？

贫穷的木门上，

多少匆忙的脚步踏过暗中滋长的青苔。

终于等到了另一个人，

又不一定能等到那个拥抱。

人间无数次上演的故事，

总是让观众感叹唏嘘。

只有那只吃了一个季节干草的山羊明了，

这萧索的角落挤满了春天的味道。

不 期 而 遇 的 春 天

春天，
跨过冬天的某个日子，
重叠在冬天的某个日子，
出现在冬天的某个日子，
又消失在冬天的某个日子。

为 每 一 个 ⼈ 命 名

要记得在这个日子去看看大海，

海浪翻涌是否像你的呼吸？

你听见海声时，

沿街柳树正点绿第一片叶。

你踏入沙滩时，

燕子正飞过秦岭的上空，

急切而热烈。

她想念的是北国的什么？

那还没有消尽积雪的屋檐，

还是已经搁置起来的犁。

好在，

你们奔赴的是同一个春天。

命运

这让我想起命运，

在失望和苦恼中各奔东西，

也在轮回的宿命中擦肩、相遇。

为 每 一 个 日 子 命 名

春天、母亲、侄子

春天，

我那尚未谋面的侄子呱呱坠地，

他用不安的哭回应着陌生的世界、和煦的阳光、微甜的空气，

还有母亲永不疲倦的怀抱，

以及融化在夜晚的乡间俚曲。

牧羊少年

我想起很久以前，

我还是个孩子的时候，

能和我的羊在村口的白杨树下待一个下午。

它寻不到草却不停地咀嚼，

我也只是望着火车从远方来，到远方去。

我怀着一点少年人的忧郁，

我想是一棵树，被野火烧过依然愤怒地扑向高空，

我想是一只鹰，置身云端俯瞰大地。

我偶尔什么也不想，
任凭时间从面前安静地溜掉，
直到青春散场，
眼泪流干，
无人在意。

619

在黄昏
出逃

我想起很久以前，
我也只不过是一个孩子，
打着赤脚走过泛黄的土地，
不相信未来触手可及。

春日幻想 spring fantasy

总是在黎明前计划出走，
却又在暮色中打消了主意。

我不是懦夫，
也不是勇士，
不是天地间的一朵孤云，
也不是白杨树下一场夜雨，
我只是不谙世事，
只是不顺从也不逃避。

望着远方我大声呼喊，

声音淹没在旷野的风中。

望着远方我大声哭泣，

却也敌不过母亲的静默，

悠长岁月在她脸颊泛起的涟漪。

不可想象的，
母亲 20 岁

我那时还小，

从未想过这个女人也曾 20 岁，

一朵月见草花开的年纪，

她那时的苦恼是什么？

会不会因为一朵玫瑰和我的父亲吵架？

会不会对着干瘪的田埂摇头，

思虑着粮食几时发芽？

会不会在只能遥望大海的工作的车上，

请司机把车停下？

妈妈，

车没有停下。

但你可知，

你没能拥有的大海，

为了呼唤你，卷起千百道浪花。

025

羡 慕

一 只 鸟

我如今早已长大，漂泊在外，
与你和父亲留守的村庄只隔了两座城市，
却不能像一只迁徙的候鸟那样，
越过严寒的冬，
又在下一个季节，荣归故里。

027

e28

照亮我

春天不愧是华丽的奏鸣曲，
满目的颜色令人应接不暇，
掩藏了我身上斑斑锈迹。

无数次

擦肩而过的你

你好吗?

我在一闪而过的地铁向外张望时,

看见的陌生人,

那时你在风里,

你的倒影晃动着

依靠在低垂的烟柳上。

你渴望跳舞吗？
像云那样轻盈，
像一个守望在田间的稻草人，
在料峭的春风中早早褪去冬衣。

那何尝不是一种痛呢？
何尝不是
渴望着的日子来得再晚
也不觉得等不及。

我很快掠过人群、桥梁和某个湖面，
下车时，
脑海中仍记得翩跹起舞的你，碎花的裙子惊扰了鱼。

在另一个
城市生活

眼泪不属于陌生的城市，
跋涉多久，无论多沉重的步伐，
都似雪般被轻轻拭去。

可是，这也是当初，
自己的选择，
为何如今又因为暗淡的光明、
叵测的前途而灰心不已？

春日幻想　spring fantasy

033

要去

所以激流终要入海，
或者干涸在你眼窝；
雏鸟终要高飞，
直至腐烂在轻盈的风里。
但请不必为此难过，
春风吹过时，
湿润的土壤会长出翠绿的草，
开出鲜红的花朵，

某个明天，将有一条大江流过，
填满皲裂的沟壑。

会有雄鹰飞过，
它飞向自己也不曾探索的村落。

春日幻想 spring fantasy

037

答 案

有人问你为何要走，

这里曾埋葬你的祖辈，

这儿有喂你长大的粟米。

他可知，

哪怕只是一块腐烂的根，

也在春天里从已经死去的躯体中，

伸展出渴望的青绿。

有人问你为何要走时，

你把融化的雪给他看，

你把钻出地面的蚯蚓给他看，

你把冰砸破了给他看囚徒般的水，

你指给他看那片逐风的花瓣，

但需要知道答案的，

只有你自己。

就是

要去

我在荒漠彳亍久了，

久得仿佛一块风化的石头，

只能躺在原地望着天边的孤雁，

哀鸣着离去。

我想要动一下，
至于是被谁捡起来扔掉，
被谁砸碎，
被谁漠不关心地踢开，
都不重要。

也可以让冷漠、热血、白天、黑夜、
雨水、风、另一颗石子、一粒沙子，
不断腐蚀、打磨，嘲笑、怀疑，
都不重要。

我只想要动一下，
从那片松软的沙土，
滚落到一旁，
从那片无边的失望中，
跌进未知的、更好的、更坏的、
不一样的世界里。

新的时空中，
我将在凄凄的荒草中重生，
破碎了粗鄙的外壳，
但那颗裸露的心依然跳动。

千百年后我将化身高山，

千百年后，

覆在我头顶的白雪，

聚散无常的白云，

将让我想起一块不曾被磨平棱角的石头，

被一只鸟儿衔去筑过巢，

被轧路机嵌进胶着的沥青，

沉沉坠入过深渊。

等待

最后一班

春日的

列车

我从寂静的思绪中醒来，
被人群裹挟着离开，
人潮汹涌奔向狭窄的路口，
那趟开来的列车要拿什么来承载，
这满世界的困惑和疑猜？

我已来不及停摆。

靠站的汽笛声不耐烦地催促，

这是一条通往前方的路，

谁都知道终点散落着坟墓，

好在人生多半都是旅途。

只好转头微笑告别，

我带着满身的风尘，

随着列车驶出最后一个春天。

身后扬起灿烂的花瓣。

是从未想过的离别的祭奠。

为每一个日子命名

summer fireworks

夏日烟火

发生在

夏天的

一场战争

从五月还是六月开始，
傍晚的风不知沾染了哪一朵蔷薇，流淌着甜。

053

平静的荒野中，
一场战争正在酝酿。

在我刚刚跨过的荒草间，
胜利的竹节虫爬过曲折的藤蔓，
它将独享天空的蔚蓝。

我着急要去前面的湖泊，

看牧人放马，

看高高扬起的马鞭，

将歌声狠狠甩动，

穿过群山。

城 市 眼 中 的 我

远处的城市只显露出迷离的影子，

如同海市蜃楼般梦幻。

我在那城市眼中是什么模样？

是一棵笔直的树还是一块淡蓝的斑？

是一道混迹苍山的白练抑或是一阵牧场的炊烟？

是一出悲剧，

开始上演好戏，

还是已经谢幕，

失去主角的光环？

与旅行
无关的
旅行

在此之前，

我曾在火车上站立了三日，

分不清黑夜白天。

穿过长长的隧道，

有人从我身前经过，

我们呼出的热气能碰到彼此。

有人困倦着聊天，

从遥远的城墙故土呓语到被阴霾遗忘的彩云之南。

从北方
到南方的
火车上

列车追赶着矮房、平原、绿色的麦子，
又窜入低楼、盆地、起伏的稻田。
人在贫瘠的山中耕作，
山路一样，
蜿蜒匍匐，无声向前，
赶着牛、扶着犁具，
如同一场放映着的黑白默片。

累了就在路旁坐下，

扯下一片叶子，

抽一袋沉闷的水烟。

我只能在空隙中向外窥探，

他起身挥手，拍了拍沾满泥土的裤边。

转瞬间，他消失在这茫茫山野，

我迷失于这幅远去的画卷。

为每一个日子命名

人生有多少争吵，

在那些相识或陌生的关系中发生，

将富饶的一颗心变成荒漠，

慌张、慌不择路。

车停下时，旧的面孔离开，

新的面孔出现，

不过，我都不认识。

寻

494

我想像马一样站着睡觉，

不必佝偻着蜷缩在过道的一角。

马尾巴低垂到地上，

轻轻扫去夏日的蚊蚋，

抛去没来由的喧嚣。

醒来时露水打湿我的脚掌，

没有绳索的牵绊，

我将寻到一处富饶的水草。

白日

空置的

屋子

谁在为城市唱歌？

终日奔波的人将回到暂住的居所，

那些白天空置，

只留下猫或狗的屋子，

沉默布满了角落。

好在星空辽阔，

可以寄托梦想。

我并没有拥有
猫、狗、快乐

我乘坐了三天的火车，

在夜里途经长江黄河，

如今火塘燃起熊熊烈火，

照亮多少吉他声里的民歌。

灯光下遛狗，

让它觉得那是白天。

笼子里喂猫，

让它觉得那是相伴。

让自己在长夜睡去，

是否可以从其中察觉到

久违的快乐？

茉 莉

为 一 只 蜜 蜂

散 发 的 香

夏日疯长的茉莉，

袭人的香味，

又沾染了多少欢笑和眼泪？

还是根本与人无关，

甚至与这月色无关，

她只是盼，

那青石桥的一边，

挂满了经幡的山巅，

能有一只寻蜜的蜂为伴。

在一场

雨中

清醒

我们身无分文、赤条条来到人间，

目之所及都是已经拥有的，

欣喜的父母、泛黄的墙纸、炙热的温度，

还有一只捕蝇的壁虎。

如今计较得失、

自我放逐为尘世的囚徒，

庸庸碌碌。

最初草的触角向上延伸，

不过想亲吻天空，

和飞鸟谈一谈心事。

从何时开始盘根错节，

扎向地心的坚石。

直到一滴雨从虚无中降落，

将那些干瘪的根包裹。

夏天
来到
我身边

在恼人的夏日里不应该讲沉闷的故事，
所谓分别、相聚，
不过是一首歌的终章和序曲。
也不必去苛求一段诗的韵律，
不必苛求，
树下那片影子，将在哪个字前面停留，
树上的蝉鸣在哪一刻归于平寂。

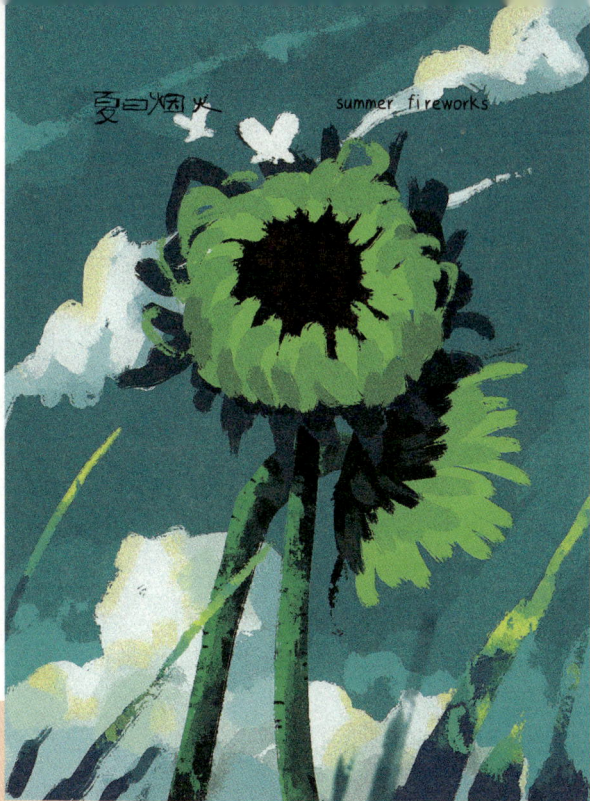
夏日烟火　summer fireworks

依靠一棵陌生的香樟，

良久，

只剩下人声嘈杂，

听不清的只言片语，

描绘着茫茫人海。

你来我往，

如同灿烂的向日葵，

金黄色的花瓣迷住我的眼睛。

众多不想工作的

日子中的

一天

我的一天将在一个板凳上度过，

板凳上长不出花和草，

也和任何季节没有联系。

窗外时光变换，对面屋顶的那只鸽是否来自故乡，

妄图让我想起，

已经模糊到开始变得幸福的过去？

板凳束缚一具健康的躯壳，

空洞枯燥的生活缠绕着灵魂。

这只是众多日子中最普通的一个。

079

偶遇一簇
三角梅

在去公司的转角处，
一簇三角梅正摇头同我问好，
开得放肆。

我犹豫着，
是不是应该再次离开，
去探寻人生虚无的意义。
路边高耸的白杨，
泛起飒飒风声，
如同晦涩的信号，
奏响，
夏天想透露的秘密。

夏日烟火　summer fireworks

081

来不及
说再见

我要前往开满玫瑰花的庄园，

在晨曦还未完全褪去的时候，

到那棵梧桐树上的木屋见你。

那棵树的身后，

火焰燃烧过天际，

将云烧成暮色的花朵，

谁会在那花下面起舞？

我回头时发现你已不见了，

除了我的怅然，

没有什么能证明

你来过。

我找了很久没有你的踪迹，
索性在城市漫步。

天空飘荡着金鱼风筝，
有人在水库游泳，
三叶草铺满岸堤。
一定能遇见幸运，
在满目的绿色中。

夜晚，

会有一对恋人在上面拥吻，

爱于星空下滋生，

在白日则无暇被顾及。

085

无常的雨和

人生啊

格桑花望着远处的雨，
想着她什么时候会逡巡至此。
然而云到了半路就散了，
彩虹挂在近在咫尺的山脚，
却同梦一般遥远。
我像关心自己一样关心陌生人，
尽管什么也改变不了。

我 们 都 是

离 家 的

游 子

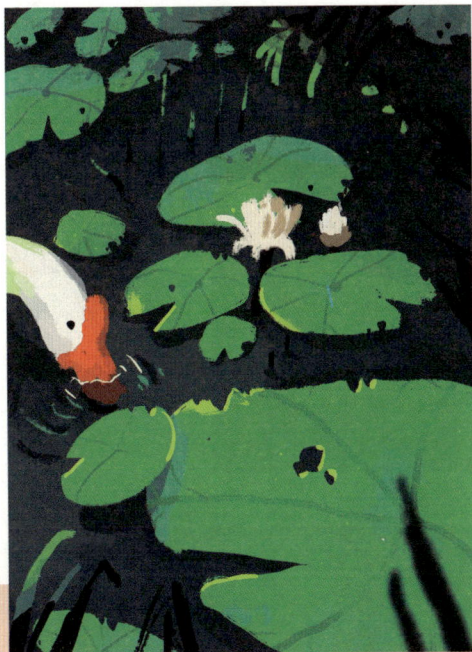

路边的菜圃挂满了丝瓜、豆角、辣椒、西红柿，

母亲善于料理豆角和辣椒，

也愿意为西红柿多添一些白糖作辅料。

那是久违的夏日午餐。

在我生活过的场景里，

吃完饭之后将在池塘传来的蛙声中入睡。

池塘的水不深，

却总飘满无根的浮萍。

089

接不住
曾经流过
的眼泪

院子的月季前，

蜻蜓正扇动翅膀，

转动着无数眼睛，

试图绕过墙上

那只狸花猫的进攻。

狸猫跃上屋脊，

在年久脆弱的砖头上，

坐了一整个下午。

一整个下午，什么都不必在意。

我为何会想起这些？

似乎这一切都在别人身上发生。

我躲闪着过去，

躲着藏在其中的隐喻。

总之，这陈年的记忆连同你一起，

都被无形的妖带走。

总之，

多么廉价的眼泪，多么贵重的眼泪，

最终都会落入尘土。

而所有能想到能看到、

想不到看不到的，都不再回来。

夏日烟火　summer fireworks

093

风不为谁歌唱

我渴望微小的幸福，
只是我不清楚为何它明天才会来。
我盛装打扮，
穿上新买的单层夹克。

去，
去黑夜追寻白日失去的，
去明天追寻今天溜走的，
怎么才能找到呢？

095

幸福，

从未离开。

山坳的野百合不需要仰视山顶的香草。

一朵云爱过的蓝天，

一条鱼思念的湖面，

一束花眷恋的热土，

它们难道不会因为彼此的存在而觉得幸福吗？

风不为谁歌唱，

却抚慰了高山的松林。

我从
黑夜中
穿过

还记得曾和朋友一起骑行，

在夜晚的盘山公路。

有什么嘶吼着，

如同野兽要挣脱钢铁牢笼。

我几乎被那声音揉碎了，

车子几乎跌落伸手不见五指的谷底，

视线被疾驰而过的卡车夺走，

心在寂寥的长路上沉默。

当一点一点的阳光从我们之前路过的地方升起，

那些被光慢慢照亮的风景，

是昨夜丢在路中的遗憾。

然而遗憾却也成了一种触碰不到的美，

轻而易举得到，轻而易举失去。

099

在洱海边
看着时光
溜走

poet

湖水漫过码头的木板，

水鸟飞入湖心的岛屿，

谁在敲着古老的乐器，

笃笃笃，

从街头传到巷尾，

变成唤醒黎明的声音。

老奶奶把刚割下的青笋码得整齐，

亦如她随口谈起的一生，

见过日起月落，

多了诸般滋味，少了宠辱悲喜。

缓缓慢慢踏过青石板，

走过田间的独木桥，

青蛙跳进轻快的溪流。

路可以回头，

过往却自此诀别，

我们唯有在明天才能再次相逢。

让我
再祝福你
一次

亲爱的人，

再见吧！

我们曾坐在长满荒草的屋顶一起筹划未来，

如今却只能在偶尔不安的回忆中相顾无言。

倘若你明朝仍从一棵梧桐上苏醒，

我恳求你看我留下的足印，

它们躲在被露水打湿的泥土里，

证明我亦不畏困顿在你的生命中出现。

倘若你认同这一份微不足道的爱，

那么你也将收获最虔诚的祝福。

祝你迎着夜晚的萤火绽放，

纵情跳跃欢歌，

在这陌生迷人的夏宫。

灯火

逐次熄灭的

夏夜

昏黄的灯光下，
又一个黑夜降临，
这条路径直通往满天的繁星。
原来夜晚并不带走所有，
她像是一个失语的孩子，
陪伴着另一个无言的孩子，
悄悄眨着眼睛。

在这座无名城市的二十三点钟，
灯火逐次熄灭。
欲望在梦中挣扎或实现，
月光反而比日光更加清晰地铺满河面。

少了游人的长桥，
不知谁开始跳一支独舞。
散开的水花湿了我的脚，
我正躺在白日的三叶草，
睡在绿色的泥土上。

麦 子、秕 子、我、父 亲

在梦中，我看见成片的麦田，

被阳光晒得金黄。

五十三岁的父亲包裹严实的上身，

刺满了麦芒。

他没时间看一眼面前即将成熟的庄稼，

正伸手去拔掉垄沟里的秕子，

不过我明白他的喜悦，

明白一个农民愿意为土地和他的儿子奉献什么。

可以这样说，

麦子是我的兄，

秕子是我的弟，

我们都把身体扎进土里，

被眼前这个男人养育；

麦子是我的兄，

秕子是我的弟，

在灰扑扑的土地上它们都有自己的颜色。

颜 色

我的颜色呢？我被哪种颜色涂染，调成最后的寂寞？

青？在人群中我常感到孤独，

绿？在夏日也曾放肆高歌，

蓝？是一只渴望天空的笼中鸟，

黑？却被一块布困在了一角，

在密林间沙哑的喊叫，

不是为了一颗即将破土的种子。

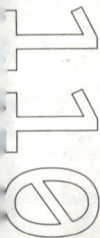

摇晃着穿过大街小巷，
为何我满身疲惫？

请把那块帷幕掀开吧，
我只想看那片云雨后的彩虹，
我只想睡在夏日温柔的风中，
我想死于对天空的征途，
耗尽最后一滴血，
之后坠落成闪电。

要起舞啊

我也渴望阳光，

掠过树梢，

照在那由一根根木柴搭成的巢。

我不喜欢大雨，

淋湿我的羽毛，害我被同伴嘲笑。

我在林间轻跃，

寻到一株迁徙而来的蒲公英，

它带着一片池塘湿润的花香，

讲起那群蜉蝣，飘荡在苍茫茫的大地。

这群只有一天生命的虫儿，
正不知疲惫地起舞。

朝生暮死的黎明和黄昏，
并不会更加动人，
却也没有比这更动人的美丽了。

在我的池塘，

生命永恒地欢腾，

只是如今，

那只为了自由而来的鸟，

被关进了牢房。

醒了吗？

还是依然在梦里，

徒留清泪两行？

夏日烟火　summer fireworks

115

真的，
和过去告个别

再见吧，

在夏天遥望池边的那只鸟，

不以为意的青春已被网捕走了。

我曾收到过的那封信，

被搁置在床头很久，

圆珠笔写下的牵挂泛着落日般的昏黄，

但我仍能想起你写下那些字的模样。

过去回不来了，

但过去是真的，

那想念和泪水是真的，

那悔恨和欢笑也是真的。

人生
辉煌的
时刻

118

我发现每天能路过同一条小河，

能把一段年轻的路走老，

能去做一些无聊却有趣的事情，

都是我们人生最辉煌的时刻。

不亚于收获了一块庄稼，

垒起了一座只有一张床的房子，

帮助了一个陌生的人。

雨留给我，

夜晚还给失眠患者

在雨中跳一段舞，

回家喝一碗姜茶，

把夜晚还给准备入睡的失眠患者。

野泳之后
在乡间漫步

白日间，将身体潜入透明的河水，
睁开眼睛看到水草在光影中招摇，
有人从水面向你挥手又离开，
世界嘈杂而安静。

summer fireworks

风嬉闹成麦浪，

火车搭载着货物轰鸣着出现，

甩一甩头发上的水珠，

在通向更远方向的陌生路段

唱一首刚学会的歌，

歌颂阳光普照大地，

歌颂旅途的崎岖。

虽然此时此身仍颠簸在不知终点的路上。

夏天
你要去
哪里

许是从踏上这路的那一刻开始，

一天的日子变得越来越短了。

短到没有时间学会，

如何去分别就经历了分别，

如何去放弃就已经放弃。

路过隧道的时候，

请不要打扰在此午休的环卫工人，

那是他们唯一属于自己的时刻。

孩 子 的

夏 天

走到遥远如同前世的那个夏天，

孩子打着赤脚、难以自拔地呜咽，

只是因为有谁戳破了他的肥皂泡泡。

那时四下无人，

唯有看似永远不会结束的悲伤。

旷野的风，

炙烤着灰色兔子的毛发，

蜥蜴绕过那块被太阳灼烧的石头，

一束光隐没在林间，

暮色中，

响起母亲的声音。

如果那些儿时的吵闹和欢笑全都不见了，

我依然能想起那么远的家门口，

那么模糊的母亲，

她正和这天地融为同一种颜色。

为每一个日子命名

autumn whispers

秋日私語

在秋天

长成一个大人

树叶将渐次凋零。

唯有那株老家屋檐下的玫瑰，

会一直开到我长大成人，结婚生子。

到了那一刻，

白天不再漫长，

我们更多时候要在夜色中赶路。

云越飘越远，

远到不再是生活的一部分。

不过那又怎么样呢？

离我们远去的除了难以触摸的幸福，

还有那些难以言喻的不幸。

事到如今，

可以做的只有让明天不被辜负。

去
想 去 的
地 方

倘若要去高山或峡谷，哪怕只是一个早餐店，

也应该出发了。

城市的路总被汽车与人群阻隔着，

要小心层出不穷的陷阱，

它们很善于伪装成友情或爱情，

令人着迷地蹉跎一生。

我步履不停，在千万条路中寻找归宿。

我的那里，

太阳升起，

风景熟悉，

泥泞的黄土变成了柏油马路，

沿着转角的车辙，

一株我降生时种下的花椒树，

正在秋日结果。

她已经收获，

在她的树尖，

落着白鸽。

1998 年 的

我 和 哥 哥

那里，

哥哥开上自己的二手汽车，

正陪着城市一起老去。

我瞧见他鬓角的稀疏白发，

我还记得我们共同乘坐着外地人的骆驼，

在谁家的门口拍照。

骆驼半卧着身子，

咀嚼着 1998 年的干草。

那也是个秋天。

秋天记不记得我们也是举家搬迁的外地人？

135

一场秋雨

落在树上

秋天，

每一滴雨都是佛陀的一字真言，

它厘清了每一片树叶的脉络，

诵念着一生的得失怅然。

生命太短，

像极了戛然而止的调子，

但又有谁，

敢说它的旅途单薄且乏味？

在这棵树上，

睡了多少蝉，

掠过多少风；

在这棵树下，

有多少人途经、停留，

絮叨着家长里短。

这场秋雨下个不停，

想要落尽泛黄的树叶。

一个平常的
秋日周末

今日的云似纱，
把天空捻成灰蓝色的线，
束缚着每个想要逃离的影子。
吉他安静地立在墙边无人奏响，
诗人也写不出他想写的诗篇。

138

我从窗外热闹的鸟鸣中，

感觉到孤独。

139

一位新娘

正看着要吻自己的

新郎

秋天，

如果你在这种孤独中郁郁寡欢，

记得去鼓楼西街的城墙边。

红色的高墙旁矗立着橘色的夕阳。

人力车夫拉着一盆从街角买来的花匆匆闪过，

一位新郎正亲吻着他的新娘。

一轮月亮正凝视着它的故乡。

141

在秋日的
某一天里

如果孤独，

就靠在那棵上了年纪的榆树上，

直至被人群淹没，

被夜色吞没，

就与第一盏点亮的灯一起，

和白日做最后的告别。

在人生的某一天里，

没有什么事情是非做不可的。

在人生的某一天里，
除了爱与被爱着，
其他都是荒废。

143

什刹海的月亮

回去的路上，

我想拍一张什刹海的月亮，

她半圆的脸庞，

皎洁的目光，

正热切地望着我。

我想拍一张什刹海的月亮，

带她穿过拥挤的地铁，

把我那间漆黑的屋子照亮。

145

不要输给孤独，

哪怕只有自己一人

孤独不仅仅在地铁的椅子上，

车厢与车厢的接口，

还在上车的每一个人和下车的

每一个人身上蔓延，

他们低着头，

对周遭的世界视而不见。

147

孤独是风吹不散的，
无从说起又无迹可寻的。

你偶然打开了一扇封闭的门，
发现里面只容得下一个人。

好在，
还有月光可以拿去照亮，
还有远方可以用来逃亡。

从停靠在半路的站台下车，
打开一本在天桥上买来、无人见过的诗集，
上面写的也都是无关你我的故事。

蓦然间，
我和我的呼吸，
也隔着从地球到一个恒星的距离。

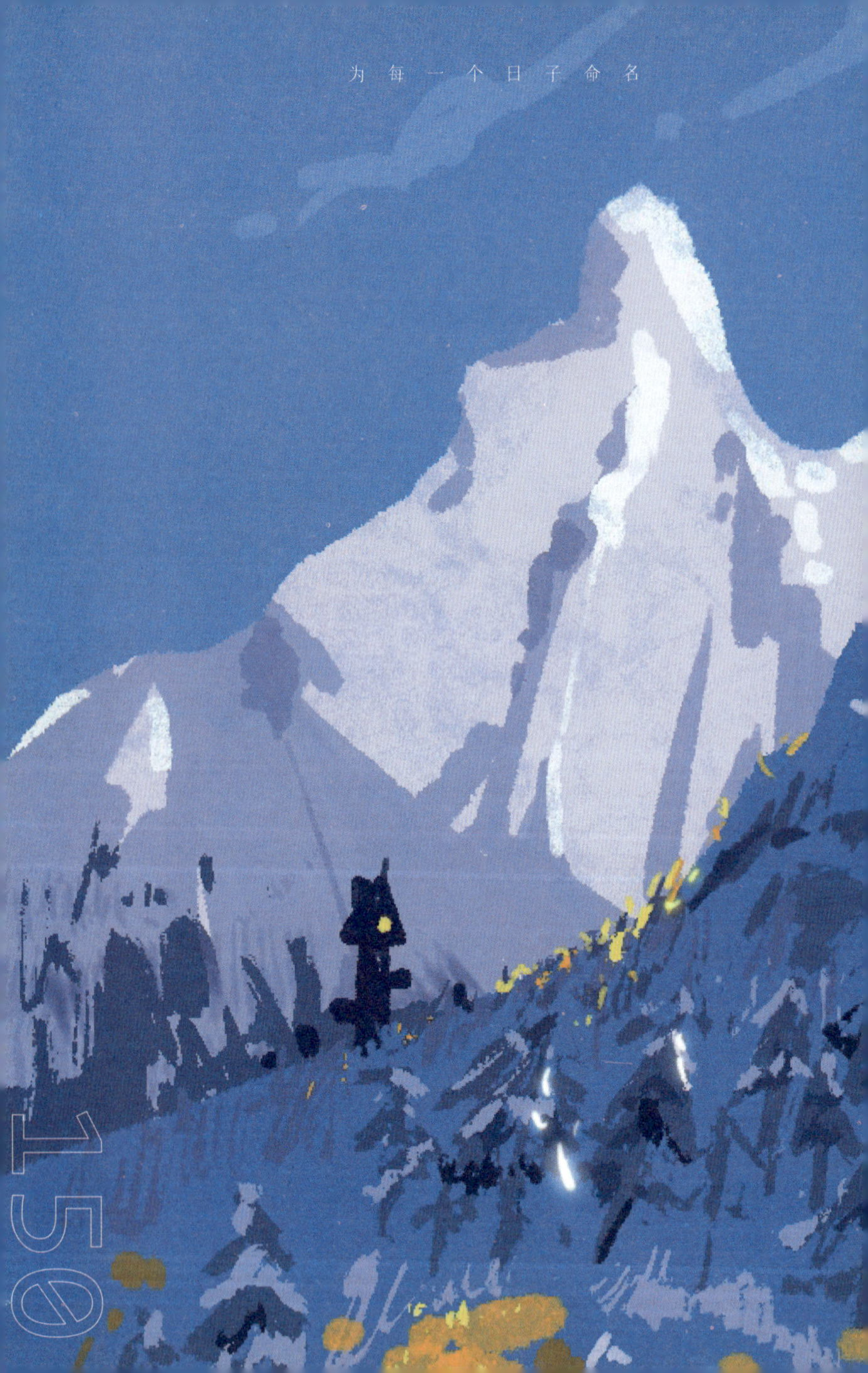

在秋天

失去和收获

秋天，
北半球失去更多的阳光，失去温度，
草丛失去蟋蟀的歌。
人们失去轻便的外衣，步伐变得沉重，
田野失去收割庄稼时的热络。

耕牛和拖拉机都进了院子，

只有围着头巾的老人

和稚气未脱的孩子，

相约去捡遗落在黄土上的玉米和高粱。

他们相距着 60 年、70 年的时光，

却比我们同龄人之间的距离更接近。

没有谁比一个孩子更会生活，

他能为此疯跑上一天；

没有谁比一个老人更懂生活，

那些浮光掠影的过往是和当下一样珍贵的画面。

时光中琐碎的回忆，
在这寂寥的深秋中，
生动起来，
甚至，
像火焰一般，
燃烧了起来。

他们的人生还有无穷的快乐，
我们却在一条路上丢失了太多，
只好留给明天一声叹息。

153

秋天和秋天
不一样

有人说生命是可悲的，
我们都是把巨石推向山顶的西西弗斯。

这人还说这个秋天那个秋天都是一样的，

今天的你和我，

就像昨天的你和我。

这是无知者对生命的嘲弄。

去年今日的你，

可曾静立黄昏，

任由余晖拥入怀中？

那时，

你的窗前，

是一株轻轻婆娑的大树。

秋日的
篝火晚会

秋天，
在广场上点燃的一堆篝火前，
和半路相遇的人载歌载舞。
人群在远山星河下牵手，
又显出事不关己的疏远。

欢愉过后，

盛宴落幕，

昨晚残留的灰烬，

已不知被谁从凌晨带走。

有些人守护着白天，

有些人守护着夜晚。

其中一个是你的父亲，

另一个是他人的。

最后一片

落叶说

秋天，

那片泛着微黄的叶正和树做着最终的告别，

聒噪的蝉悄然无声地不见了，

还有那只漂亮的，

只一歇脚就离开的蝴蝶。

那沸腾的阳光，

和夏天一样恍惚来过又走远了，

树叶已经失去了依靠，

没什么好遗憾，没什么好留恋。

如今我将随风飞舞到云端，

我将遇见我的蝴蝶，

告诉她那一次小憩是今生最美好的陪伴。

我将落入从未见过的河流，

我知道是他在我身上填满了成长的注脚，

我即是他，如大地般被纹上岁月江川。

生命假如能忠于自己，

忠于不切实际的幻想，

忠于一朵流浪的云，

一块被毛虫咬出来的残缺，

那必定是完整的，存在和失去都是完整的。

落叶纷飞，
发生在安静午后，
它将在其他人的眼中，
慢慢变成土地的灰。
"如果能再看一眼落日就好了，
就是那我已厌倦了一生的……"
这是它不曾说完的话。

赴 约

秋天，

一块小石子从水面划过，

溅起了十三朵浪花。

别问我为什么记得那么清楚，

在我路过这条河的时候，

有两个孩子正为此争执，

他们数得仔细，似乎再也没有更重要的事。

这天空气并不好，
远处的房子在雾中隐去了，
城市的高楼，
也变成了虚无的乡村。
行路时要多加小心，
那些坚硬的石头并不会真的消失，
它们变得斑驳，
不过是被秋风信手涂鸦。

急匆匆出发，为了去赴一场约会。

约定

我曾泛舟在拉市海的秋日里，
铁皮船沿刷着天蓝色的油漆，
野鸭子畅快凫水，
潜入微微荡漾的河中游十几米，
远山脚下，

马帮传来的铃声不知是不是脑海中的臆想，

只觉得马背上面一定驮着珍贵的宝贝。

歌声不能判断属于牵马的人，

还是一个回家的女人，

那悠扬的声音把河面的阳光都拉长了。

船在望不到尽头的"海上"漂荡，

不时惊扰沉睡的秋沙鸭，

醒了又继续卧到一片暖阳中。

任由船无拘无束地航行，

船上只有竹竿、绳子和几个疲惫的年轻人。

如今我正要赴与其中一人的约，

我们曾经在那条自由的船上，

决定要做永远的朋友。

彼时，

船儿搁浅在了无名的孤岛。

燃 烧 的 生 命
没 有 一 刻 是
虚 度

微凉的风吹动多少少女的发梢，

她们望着这条摇晃的船，

她们搓动手里的衣服，

谁也猜不到她们搓动的心事。

秋日私語　　autumn whispers

167

牛在天黑的时候发出沉闷的叫声，
呼唤走远的伙伴，
炊烟笔直地消散在群星寂寂的天空，
万物都将回归自己的母体。

我们觉得冷，
所以需要拥抱，
觉得会有一颗流星划过，
所以不睡觉，
觉得自己会永远年轻，
所以即使单薄地落泪也勇敢微笑。

鱼亲吻我迷失在水中的手指，

白日的歌声又再次响起，

远得仿佛来自雪山之巅，

带着清冽的寒，

带着每一棵树，

每一只鸟，

每一次万物生长的呼吸。

水草在招摇，

水草在招摇，

生命在燃烧，

生命在燃烧中变成永恒。

永不失败的
年轻人

不用害怕有些诺言无法兑现，

不要在乎追赶理想还需奔跑多远。

我们何其渺小在宇宙中，

却又能骄傲地生活。

去一片春天的草场欢呼，

去夏天的细雨中散步。

告诉所有人，

理想从不羞于启齿，

理想是让生命燃烧、化作永恒的那团火焰。

只要它不熄灭，

这个世界上就没有什么，

可以打败，

一个大声说话、大步走路，

一个不会屈服，绝不退缩的年轻人。

177

秋天
埋葬不了的

秋天埋葬了一颗腐烂的苹果，
一束已经枯萎的花，
一把残破的琴，
但种子孕育新生，
花见证过无解的爱情。

一根弦也还能弹出旋律，
感谢这片荒芜之地未曾摔断它的琴头。
如今仍有误入的观众，
在某一刻听到它响起，
不成曲调的奉送。

等待
打捞的
月亮

这片海岸上没有灯塔，

没有旷日持久的历险，

孤岛上没有美人鱼和漂亮的贝壳，

甚至没有纸和笔。

声音会被四面八方吹来的风带走，

你只有把字刻在石头上，

然后像孩童一样将它

掷向远方。

不知要过多久，
才能听见杳杳的回响。

等到那一天，
会有一张网把它打捞起来。
一同被打捞的，
还有那晚摇摇晃晃的月亮。

175

很久之前的拥抱
仍温暖着我

在等红绿灯时，
有三只不知名的鸟，
从电线上轻盈地踮起脚尖，
缓缓飞过我的头顶。
周围人群如同被放牧的羊，
抬头望向触不到的世界。
我的朋友，
我计划在约定的时间见到你，
假装笑过后各自离去。

其实，

我并不习惯，

没有你。

我们寒冷中的那个拥抱，

仍使我残存着流金的温度，

仍使我坚定地相信着，

在日复一日的交替中，

我们也曾变成过蝴蝶、飞鸟、游鱼。

爽约

我已经走了一半的路，

却决定停下脚步。

不是害怕让你看见，

我如今臃肿的身体，

也不害怕让你听见我庸俗的腔调，

乏味的话语，

我只怕你知道，

在那条船上所说的一切都如昨日

重现在我的脑海，

那时我们的眼中闪烁着光。

不如仍在那日相逢，

不如将其他一切全部封存起来，

用铁锹或者双手，

挖开那抔落叶化成的黄土，

把这一切悄悄地安葬。

请原谅我吧，

挚友，

流星照亮你双眸的瞬间，

我已不敢看那转瞬即逝的美丽。

那是如此的炫目耀眼，

我俯下身满心惭愧。

179

我是邋遢的拾荒者，
坐在超市门前的台阶上喝酒。
往来的人穿着毛衣瑟瑟发抖，
我却身着夏日的短袖，
漠然地等待谁扔掉一个空瓶子，
或许可以用它熬过难以描述的饥饿。

谁在我沉沉入睡时停住了，
悲悯地望着。
啊，
是一条我见了多面的、被遗弃的老狗。
我们一起散步在冷清的公园，
来这里暂时忘记生活的折磨，
不用担心会有谁来施舍。

挚友，

我的心，

是丑陋的、不安的，

但请一定要相信，

它因为你的出现，

瞧见的都是光明。

我们约在下一个秋天见吧，

就是下一个秋天。

181

我在午后
杀死了
一株月季

182

秋，秋，

在猎狗循着气味追捕野兔的时候，

我曾在午后杀死过一株月季。

她大团的花簇拥着开放，

香气弥漫过了挂着稀疏枯草的篱笆墙。

起初我只想摘一朵下来，

把她送给一位我等待着的姑娘。

183

是谁说过玫瑰才带刺？
这朵不能驯服的花，
将一个自私的孩子刺伤。
她想不到，
从此之后，
她再不能迎着太阳绽放。

谁会悼念她的死亡，

怀念她带来过的芬芳？

这株小花曾让残破的院子媲美国王的花园，

如今只剩那个孩子独自守着贫穷，

即使再种一百株月季也无济于事了。

有多少嘹亮的歌声到这里突然哑火，

姑娘在路过矮墙时，也再没有向院子张望。

185

驯服
秋天的
土地

这里的秋是平和的。
华北的平原没有需要驯服的野兽，
没有东北虎，
没有荒原狼。

不过这里并不能消灭战争，
人们要豁开即将被冻住的土地，
将麦茬和种子塞进她的伤口，
像塞一粒沙子到育珠的老蚌。

秋日私語　autumn whispers

187

为每一个日子命名

Winter is long

冬日漫长

要 赶 在
寒 潮 到 来 之 前

要赶在一场寒潮来临之前，

把木头、枯枝和一块火石塞进灶膛，

让红红的火焰照亮你的脸庞。

那只猫依偎在脚下，

呼噜声作响。

记得把妈妈亲手做的棉衣棉裤穿上。

就守在那间小屋，

等着敲门声起，

我们起身去迎接，

冬天，

在还未显露出真容时到访的，

第一位客人。

还未送到
邮差手上的信

等待，

即使散落的书装着全世界，

此刻也不能将我吸引。

那些困在时间里

被制成标本的金色枫叶，

早已悄悄死在了过去。

192

现在呵，
我在等着你的到来，
等一个邮差，
带着厚厚的信封，
敲响我的门。

遥遥银河隔着的牛郎和织女，
要走多久的鹊桥才能相遇。
我们却似只不见了一会，
你或许今夜就会出现在院外，
带着离去时的那只画笔，
风尘仆仆靠在我身旁，
将信中的故事讲一个晚上。

193

194

炉火何时熄灭了?

天也已经微微透亮,

只有西风带来了无关紧要的讯息。

不外乎一株草、一只青蛙,

忘记了何时季节才会更替。

只是你如今在哪里呢?

虽然有人可以想念是一件幸福的事情,

不过还是想要真切地感受到你。

屋子里没有的东西,

一定被关在外面吧。

从堆满雪的世界

重新开始生活

推开门，

西风埋怨着溜进我的衣襟。

狗儿奔奔正好奇地望着自降生以来的

第一场雪。

雪花落在它的鼻翼，

缓缓地融化了。

雪和它对于彼此来说都是陌生的、

好奇的、全新的事物。

1961

还未有人涉足的街道，

已经看不清原来的面貌，

只留下纯洁的白，

从脚下一直延伸至

另一双在远处凝望的眼睛。

是你此刻存在的那里吗？

让我们从冬天重新开始吧，

她让世界新得像一张白纸，

让我们大着胆子踩下第一个脚印，

写下第一个名字，

重新认识从对面走来的第一个生命。

告诉他，

以前的日子无论多乱糟糟的，

今天都要好好过。

一段路可以回头的理由，

像戈壁的沙子一样多，

但是能走到尽头的理由，

一个就够了。

198

任何人，
都能从一个清晨醒来后，
走向自己喜欢的黄昏。

我便迎着风雪，
走向未知。

被黑夜
包围的马

一匹马被黑夜包围，
又该如何从黑夜突围呢？
尤其是此刻的夜晚如此漫长。

打谷场，
石碾静默在路旁，
马蹄声声响。

有人一声不响地
死去了，但还有
人记得他

在这漫长的黑夜睡去，

做一个永远不会醒来的梦。

终于决定一个人在深渊中义无反顾地走下去，

那便化作泥、化作风、化作一颗流星，

许是一刹那还能触动谁。

但不要否认，

从此能记住你的人将越来越少。

告诉他们，
不要用些温暖的泪水
来禁锢一个即将自由的灵魂。

不要忧郁地站在墓旁默哀，
倒不如种上一棵有刺的月季，
等到明年，
它们都将开在一颗枯萎的心上。

要记得即使死去的人，
也喜欢跳舞和读书，
再来时，
就请漂亮的女孩跳一支刚学的独舞，
走时，
请带上一束花。

也请调皮的男孩念一首刚学的诗，
天气晴朗的时候背一背李白，
天气阴沉的时候读一读杜甫，
耐着性子读完他们的一生，
他也将了解这个国家的一生，
这片土地的一生。
他朦胧地感觉到，
这里种下的是一个应该在乎的人，
不仅仅是因为这个总能睡觉的家伙，
也送了自己一朵月季。

孩子，

你在夜晚念起他的名字，抱怨的时候，

那正是他唯一能听见的时刻。

他在黑夜中活着，

他的月季胸针、他的胡须、他的眉眼，

都因为你愤愤不平的话而开心得颤抖起来。

一个人的
冬天

哥哥，

侄子是不是已经能艰难地张口，

叫出爸爸妈妈的名字？

他的人生即将开始，

我们不也只是在旅途中偶尔停靠，

与他不同的，

是我们再也不会对未来感到不安了。

哥哥，

窗外能看见千百个陌生人的窗口，

铁制的护栏已经生锈，

天也因为冬日的冷清而略有褪色，

一架琴摆在客厅，琴布上落着灰，

几根香蕉倒在深色的圆木茶几上，

好似一幅缺乏光感的油画。

再过几分钟，

我会走进厨房，

为自己做一顿午餐，

我同样觉得幸福。

为自己

塑一座雕像

我要在城市的中央为自己塑一座雕像，

就在那冰冷的石堆上。

他不曾攀上难以跨越的高山，

也无人为他加冕为王。

他的样子不像自诩无所不能的先知，
在愚昧的生灵面前布道。
也并不那么愚蠢，只知道对着世界哭笑。

我的雕像不需要匠人打磨，
他只需要站在那里，
面向前方。

会有风雨为他勾勒出模样。

在冬天，
做回一个
纯真的孩子

21
6

把沉重的负担掩埋在雪中，

把那些用来对抗的铠甲脱下，

去一条从未涉足的路，

奔跑出轻盈。

跨过那些密林、冰面、街灯，

直到万籁俱寂，

我们变回一个懵懂的孩子。

一个
孩子
想去
海边

一个孩子,
他想光着脚丫赶着羊群到从未去过的海边,
羊爱吃贝壳吗? 羊会不会走丢?
还是羊和他一样?

盯着火车离开的方向,
看了那么久,不知不觉也走了那么久。

海浪的声音从遥远的地方传来,
轮船从非洲美洲回来停靠在码头,
沙滩下躲着螃蟹和搁浅的鱼,
还有什么呢?

一个
青年
想去
海边

214

一个青年想去看看他从未去过的海边，

他的羊群不知道什么时候走丢了，

他把母亲年轻时的岁月也弄丢了，

不过他已经没有什么可丢了。

一个
老人
想去
海边

一个老人想去看看他从未去过的海边，
他甚至忘记了为什么要去。
他只好撑着拐棍继续走。

谁衔着海风警告来者，
要多少人的眼泪、失望、忏悔，才能生成这苦涩的滋味。
谁携着霹雳惊雷，
让人在电光火石之间，
瞧见海的凶残而心生疑窦。

他的步子越来越没有力气，
但是大海已经出现在他浑浊的眼里。

星星沉入无穷的黑暗之中，
连白雪也成了看不见的颜色。

这没什么，
这也是一种结果。
既然到达了黑夜，
那便在黑夜中睡去。
和藻类、水母、深海的巨鲸一样，
任凭命运搬弄潮起潮落。

冬日漫长　Winter is long

219

大海

海鸥衔着他的眼泪去骗另外一个人，

大海，

为何你如此缄默。

谁的吻封住了你的唇，

你明明是一首欢歌。

当老人将要离开的时候，

有些什么奔跑了起来。

在红日升起的片刻，
有些什么已经奔跑起来。

我没看清它们的样子，
只有一排蹄印被海浪淹没，

我的羊群，
早已到达。